新雅兒童成長故事集

我要回家

宋詒瑞 著

新雅文化事業有限公司
www.sunya.com.hk

新雅兒童成長故事集

我要回家

作　　者：宋詒瑞
繪　　圖：Sayatoo
策　　劃：甄艷慈
責任編輯：曹文姬
美術設計：李成宇
出　　版：新雅文化事業有限公司
　　　　　香港英皇道 499 號北角工業大廈 18 樓
　　　　　電話：(852) 2138 7998
　　　　　傳真：(852) 2597 4003
　　　　　網址：http://www.sunya.com.hk
　　　　　電郵：marketing@sunya.com.hk
發　　行：香港聯合書刊物流有限公司
　　　　　香港新界大埔汀麗路 36 號中華商務印刷大廈 3 字樓
　　　　　電話：(852) 2150 2100
　　　　　傳真：(852) 2407 3062
　　　　　電郵：info@suplogistics.com.hk
印　　刷：中華商務彩色印刷有限公司
　　　　　香港新界人埔汀麗路 36 號
版　　次：二〇一五年七月初版
　　　　　10 9 8 7 6 5 4 3 2 1

ISBN: 978-962-08-6382-0

目錄

成長路上

阿濃

　　各位小朋友，你們這個人生階段，最重要的事情是什麼，你們知道嗎？

　　答案是：成長。

　　你們大概沒有看過養蠶，蠶兒在結繭之前有四次休眠，在這四次休眠之間，牠們只是不停的吃。一大筐桑葉倒下去，牠們就努力的吃吃吃，幾千條蠶兒同時吃桑葉，發出的聲音好像下大雨一般。牠們這般努力的吃，就是為了完成一個成長過程。牠們的努力使我感動，但牠們不知道牠們未來的命運卻又使我感到悲哀。

　　我參觀過雞場和鴿場，成千上萬的食用家禽困居在一個個狹小的空間裏，憑自動供應的飼料和水按日成長，到了規定的日子，被推出市場或屠宰場。

短促的無意義的生命使我為這種安排感到遺憾。更不幸的是有一種飼養方法叫填鴨，要把過量的飼料塞進牠們的喉管，人工地製造一種被吃的鮮美肉質。

電視上看過一種養鴨方法，看上去比較人道。養鴨人手持一根長竿，把一羣幼鴨從家鄉帶上路，經過一些河流和池塘，鴨子自己覓食，一天天成長。最後到了預定的目的地，牠們已經適合送進肉食市場。趕鴨人連飼料也省下，鴨的旅程比較快樂，只是結局同樣無奈。

人的成長過程完全是另一回事，成長的目標之一，是能發展為一獨立個體，能夠控制自己的生命，度過有意義的一生。這有意義的一生包括相愛、歡樂、創造和奉獻。無比的豐盛，美麗又富足。

人的成長可分為身體成長和心靈成長兩部分，兩部分同樣重要。家長、老師、政府都應該關心下一代的健康成長，供應他們最健康的食物，提供鍛

煉身體的適當設備，讓他們接受從低到高的完整教育。這是基本，不應忽略但長被忽略的卻是心靈的健康成長。我們看到有人搶購認為值得信賴的奶粉，卻沒有人搶購精神食糧的書籍。

古人已注意到心靈成長的重要，孟子的母親搬了三次家，就是想找到一處良好的環境，有利於孩子的心靈健康成長。

影響心靈成長的因素很多，首先是家庭，父母的教導和本身的行為都深深影響孩子。跟着是學校，學校的風氣，老師的薰陶，同學的表現，對兒童及青少年心靈的成長有決定性的作用。隨後是社會，政府的管治理念，公民質素，文化水平，影響着每家每戶每個個體的靈魂風貌，整體格調。

其實有一樣能兼任父母、老師、政府的教化工作，影響人類心靈至深至巨，曾經很難得，現在很普遍的物件，它就是書籍。從前有少數人出身於世

代都是讀書人的家庭，稱之為「書香世代」。如今教育普遍，圖書館林立，網上資訊豐富，要接觸書籍絕無難度。只是少年朋友的選擇能力還未足夠，他們需要有經驗的出版家和作家為他們製作有助心靈成長的書籍。

香港最專業的少年兒童出版社，新雅文化事業有限公司，擔負起這個重要的任務，有計劃的製作一個成長系列。邀請城中高質素的兒童文學作家，為他們寫書。做到故事生活化，讀來親切；觀念時代化，絕不落伍；情節動人，文字有趣。編輯部又加工打造，讓故事兼備思想啟發和語文學習功能。孩子們將會獲得一套伴隨心靈成長的好書了。

阿濃

原名朱溥生，教師，作家。曾任香港兒童文藝協會會長。五度被選為中學生最喜愛作家。曾獲香港兒童文學雙年獎，冰心兒童文學獎。香港教育學院第一屆榮譽院士。

生日會故事

今天，五年級甲班的課室裏好熱鬧啊！

放學前，「闊公子」何家明在課室裏大派邀請卡。他大聲宣布說：

「各位同學，下個月七號，星期天，

是我十歲大生日！我爸爸在萬利酒店給我開生日會，請大家賞光來啊！」

說着，他把手中一大疊色彩鮮艷的信封一個個派給同學們，全班四十個同學，個個都有份。

同學們不約而同地大叫：「嘩！」

「好氣派呀，在酒店開生日會！」

「萬利酒店？那是五星級的大酒店啊，要花費多少錢啊？」

「全班都請？那是個多大的生日會啊！」

「家明，你真好福氣，有這麼一個富爸爸！」

　　同學們打開信封，裏面是一張印製得十分精美的邀請卡，背景是一個笑眯眯的湯姆士火車頭。

　　「家明，這不是你最中意的湯姆士嗎？是不是你爸爸替你印的？」

　　「當然啦，是我自己挑選的樣式，爸爸的工廠印的，印了一百份呢！」家明揚揚手中的信封，得意地説。

大家都知道，何家明的爸爸是著名的企業家，手下有多間印刷廠、玩具廠、電子錶廠，年年賺得盆滿缽滿。家明是含着銀匙出生的獨生子，往返學校有寶馬代步，菲傭接送；書包文具樣樣都是名牌貨。

家明手中有花不完的零用錢，出手大方，經常在小賣部買飲品小食請客……所以大家都叫他「闊公子」。

這次，他親手給大家派邀請信，同學們礙着情面，個個都收下了。至於是不是都會赴約呢，大家猶疑不決……

同學們都是很重視自己的生日的。當然啦，一年一度的好日子，至少爸媽會買

個生日蛋糕，送一兩件禮物，或是一起出去吃頓豐盛的晚餐，慶祝孩子又長大了一歲。家境好些的同學，父母會租借住宅的會所或是麥當勞，為孩子辦個生日會，邀請一些好同學好朋友一起熱鬧一下。赴會的孩子都會帶一件禮物給小壽星，壽星也會準備一些小禮物作還禮。

但是，這次是「闊公子」何家明發出的邀請。

說起這位「闊公子」，好多人會搖頭歎息不止——他愛吃喝玩樂，經常不做功課，或是做得馬馬虎虎，草草了事。這樣，他的學習成績當然不好。

不僅如此，他的獨立生活能力極差，腳上的運動鞋鬆了鞋帶，他居然不會自己綁好，要同學幫忙；每天的書包自己不會收拾，全靠菲傭整理，所以他經常帶錯了書本或是漏帶了作業……很多同學不喜歡他這個樣子，與他保持一定的距離。

　　但是也有不少「粉絲」常常圍繞着他，和他一起吃喝玩樂。這些「死黨」們當然會去捧場的，可是其他同學呢？

　　黃以均和李致道兩人就在認真考慮這個問題。

　　「你怎麼樣？去不去他的生日會？」黃以均問。

李致道説：「還沒想好。你想，他這次是在五星級大酒店辦生日會，這是相當高的層次，應該怎麼送禮啊？」

是啊，該送什麼禮呢⋯⋯

黃以均説：「以前參加同學的生日會，我就買一件一百元以下的玩具作禮物。這次買什麼好呢？」

「何家明是在五星級酒店開盛大的生日會，我們送件小玩具，好像太小器了吧？」李致道説。

「對啊，何家明什麼樣的玩具都有，電腦、手機都是在用最新款的，他才不會稀罕我們這些小禮物呢！」黃以均

撇撇嘴説。

「那怎麼辦呢？難道像大人那樣，送一張禮券？」李致道問。

「我也不知道呀。幾百元的禮券，不知道爸爸媽媽肯不肯呢。唉，何必為了孩子搞這麼大規模的生日會呢？」黃以均抓頭撓耳，很苦惱。

「是呀，如果我的父母有錢要給我開這樣的生日會，我也不會同意的。嗯，要不，我們就別去了，省了這份心。」李致道説。

黃以均遲疑了一會兒，才開口説：「我們平時跟何家明就不太來往，這次他誠心

邀請，我們如果不去，好像不夠意思吧。我看……」他想了想說，「我看，我們還是應該去，可是，不要像以往那樣送禮，想個特別的方式來表示我們的賀意……」

「什麼方式？你快說呀！」李致道急急催問。

「別急，我還沒有考慮好。我想，還有一些同學也和我們一樣，正在考慮去不去、送什麼禮物這個問題，不如我們和他們一起商量一下，共同行動。」黃以均說。

「好主意！」李致道高興地說，「哪怕是送禮，每人買一樣小禮物，還不如大家湊了錢買一件像樣點的大禮物

呢。」

「對，你這個提議也不錯呀，可以考慮採用。」

於是，兩人分頭和一些同學聯絡，他倆提出的問題也正是其他同學在考慮的事，大家想到了一起，就積極思考和着手準備起來……

七月七日，星期天下午三點，何家明的十歲生日會在五星級萬利酒店的水晶廳舉行。

廳堂布置得五彩繽紛，充滿童趣：四周牆壁是淺藍色的晴空圖像，上面繪有彎彎的七彩長虹；下面青青草地上畫着湯姆

士和他的火車頭朋友們，個個展現着親切可愛的笑容。

　　兩排長桌上堆滿了各式飲料和食品，琳瑯滿目；從廳堂四角拉出無數彩條集結在天花板中央，每條線上結紮着各色氣球。擴音器裏播送着輕鬆愉快的樂曲，喜氣洋洋的。

小壽星何家明穿着一身嶄新的小西服，和盛裝打扮的父母站在廳堂門口接待賓客，家明每收到一份禮物後説了聲「謝謝」，就隨手往桌旁的地面上一放，那裏的禮物包已經堆得像座小山一樣。

　　三點十分，廳堂門口忽然傳來一陣清脆的喇叭聲，吹着雄壯的進行曲。

家明驚訝地向前望去，只見他所熟悉的同學們四人一行，排成整齊的行列向前走來，前面是李致道吹着小號，黃以均手捧一個紮着紅色綢帶的紙卷。隊伍走到家明面前齊齊站定，同聲叫道：「祝家明生日快樂！」

　　黃以均把手中的紙卷交給家明，說道：「家明，我們為你的生日準備了一份特別的禮物。我們想，你並不缺少玩具了。我們為你捐了一筆錢給世界宣明會，去幫助非洲的貧苦兒童。這是宣明會的收據和感謝信，他們說，你的這筆錢可以延續幾十個孩子的生命，他們非常感謝你。」

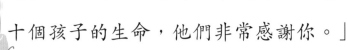

家明的父親笑着說：「好，好，這份禮物太有意思了，謝謝你們！」

　　一位女同學送上一張自畫的大生日卡，上面畫着一個三層的大生日蛋糕，有三十多位同學的簽名，祝家明生日快樂。

　　真是出乎家明的意料，他從來沒收到過這麼特別的、有意義的生日禮物！他感到鼻子酸酸的，心裏甜絲絲的……

轉學的困惑

爸爸那天回家時興奮地叫道：「好消息！我們申請的公屋有着落了！」

媽媽高興得從廚房裏衝出來，眉開眼笑的：「真的嗎？太好了！」

信謙從書桌上抬起頭來，他關心的是：「分在哪兒啊？遠不遠？」

爸爸的回答卻不是什麼好消息：「遠是遠了一些，在⋯⋯在屯門呢。」

「啊？屯門！這叫我怎麼上學啊？」信謙失望得叫了起來。

　　媽媽臉上的笑容也消失得無影無蹤：「這樣信謙上學太麻煩了，從我們家到車站要走十來分鐘，坐巴士到屯門起碼要四十分鐘吧，下車後可能還要走路或者坐車……」

　　哇，連頭帶尾要一個小時的路程！下午放學後倒不怕，只是早上要起個一大早，實在太辛苦！

　　信謙說：「算了，這次放棄吧，再等等。」

　　爸爸說：「這次放棄的話，要再等四年才能申請，申請後還不知道要等多久呢，時間太長了。再說，下次很有可能還是

分到這些偏遠地區的。」

媽媽總是心疼孩子的：「反正已經等了這些年，就索性再等等吧。過幾年等信謙小學畢了業，上了中學再説。」

爸爸憂心忡忡：「這裏的租金加了又加，越來越貴了。這樣高的租金再交好幾年，實在是不合算。公屋的月租金只是這裏的十分之一啊，這筆賬你要好好算算呀！」

這真是個很現實的問題。全家只是爸爸在外工作，每月的房屋租金差不多佔了他收入的三分之一，餘下的錢要維持一家三口的生計，日子過得緊巴巴的。住上

公屋之後，生活可以大為改善啊。

最後爸爸說：「好吧，不急着做決定，明天再說吧。」

一家三口都在苦思苦想這件事：要不要搬家呢？全家人猶豫不決……

規定的期限快到了，是做出最後決定的時候了。

爸爸的工作地點在九龍，搬了家對他的影響不大；媽媽是家庭主婦，住處在哪兒都無所謂；現在就是看信謙的意思了。

這天晚上，信謙下了決心，他對爸媽說：「搬吧！我的困難我能克服。」

「你怎麼克服啊？現在的學校離家

近，你自己就可走去上學；搬到屯門之後，我能放心你一個人每天坐兩個小時的車嗎？我肯定要送你的，這一來回要花多少時間哪！」媽媽說。

「我不要你送！坐火車和地鐵還是很安全的，我自己可以。」信謙說。

爸爸撓撓頭：「這個嘛……路是遠了些，媽媽每天送不是個辦法。我看，要不你就轉到屯門區的學校去上學吧。」

「什麼？要我轉學？」信謙連連搖頭，「我不想離開我的學校，不想離開我的同學。」

「別這麼感情用事了，」爸爸說，「你

現在讀四年級，到了六年級畢業的時候，還不是要離開這個學校，離開你的同學？分久必合，合久必分嘛！」

媽媽沉思着說：「對呀，轉校是一個辦法，省去很多麻煩，也省下了一筆車費。」

爸爸媽媽講的也有道理。信謙不出聲了。

反正搬家的決定已經做出，爸爸就去辦理手續。至於信謙是不是轉學，這是第二步要考慮的，留待信謙自己決定吧。

讀了近四年的學校，對學校、老師、同學都有了一份感情，實在是捨不得啊。

但是，住得遠是個現實問題。現在校內的同學都是住在附近的，上學方便；很多同學還是鄰居，放學後一起溫習和玩耍，有幾個成了信謙的好朋友。

要和這一切說再見，還真是難捨難分啊。

信謙面臨着這個重大的選擇，他很苦惱，左思右想，實在很難作一抉擇。

為了減輕家庭的經濟負擔，也為了自己上學的方便，減少來回奔波的時間，最後信謙決定轉學。

當他把這個消息告訴同學們時，他們都「嘩」地一聲叫了出來。

「我們的足球隊少不了你呀！」

「以後壁報的插圖誰來畫呢？」

「別走呀，我們捨不得你呀！」

同學們的挽留更使信謙心中難過，但是他明白：分手是難免的。他和幾個好朋友相聚了一次，向他們告別，大家相約：以後每個月見面一次。

爸爸為信謙在屯門住處附近找到了一間學校，辦好一切有關的手續後，信謙就轉到了新校。

踏入新學校，信謙覺得一切都是陌生的、不熟悉的，他不由自主地把新校的每一方面來與舊校比較：

呀，班主任是男的，好像沒有以前的女班主任溫柔；

操場這麼小？只能打籃球，踢足球怎麼辦呢？

小賣部離教室這麼遠，小息時買得到小食嗎？

喲，班裏有那麼多女生，我們男生會不會受欺壓啊？

啊呀，這裏用的課本都和以前不一樣……

總之，信謙感到一切都不習慣、不順心，也沒有朋友可以說說話。他默默地來上學，放學後獨自回家。他覺得很孤獨

很寂寞，情緒很低落。

　　新學校的測驗比較多，信謙每天要花更多時間溫習功課。回家後爸媽還沒回來，他邊做功課邊流淚，想念老同學，懷念以前放學後和同學們一起踢球、打鬧的歡樂日子。他給幾個好朋友打電話訴苦說：「我好想你們啊，我不喜歡這裏，什麼都不習慣，功課又那麼多，煩死了！真想回到你們那裏啊！」

　　班上的同學們見到信謙那副鬱鬱寡歡的落寞樣子，都以為他是個很不合羣的學生。

　　班主任郭老師與幾個班幹部商量：「我

們要多關心信謙，多給他一些幫助，使他儘快適應新環境。」

班主任首先找信謙談話：「你剛來到這裏，肯定有很多地方感到不習慣，這是很自然的現象，不用害怕，情況會漸漸改善的。你自己要多主動接觸同學，我們也要多多關心你。我知道你有很多特長很多優點，希望你發揮自己的長處，為班級做貢獻。讓我們大家努力，使你儘快適應新環境，好嗎？」

「好！」信謙感到心頭很溫暖，他何嘗不想如此呢。

學習幹事黃曉明主動去接近信謙：

「這些課本對你來說全是新的，你跟得上嗎？有什麼困難告訴我們吧。」各科的組長都來幫信謙熟悉以前教過的內容，並給他介紹各科老師的教學方法。

　　體育幹事趙大強見到信謙很關心足球比賽，就主動邀請他放學後去觀看高班的足球賽。知道他也喜歡踢足球，便約他一起練球。一來二去的，信謙也成了班級足球隊的一名主力成員。

　　同座的何敏偶然發現信謙畫得不錯，便推薦他加入牆報編輯小組。每月出版一次的班級牆報工作中，信謙如魚得水，充分施展了他的美術才能，把牆報裝飾得美侖美奐，獲得同學們的一致讚賞。

　　沉默的信謙變得活潑了，他有了幾位好朋友，再也不感到寂寞了。他能為班級出一份力，覺得特別高興。他感到自己好比是一塊冰，在老師同學們的熱情關懷之下，漸漸融化成小水滴，融入了班級川流不息的大河之中。

我要回家

　　說起黃偉洛，老師同學們都誇不絕口：他學習成績好，品德操行好，平時循規蹈矩的，從來都不會讓老師頭疼。再說，他多才又多藝，樂器會奏好幾種，書法、朗誦、下棋……樣樣精通，獎牌獎盃擺了一滿櫃。這不是天之驕子還是什麼？

　　看來是個品學兼優的好學生，父母寵愛，老師讚揚，同學崇拜……似乎一切順利。可是，家家有本難唸的經，偉洛也有他的苦悶、他的心

事⋯⋯

　　同學們發現這幾天偉洛的情緒有些異樣。他本來就沉默寡言，現在更少與人説話了，總是低着頭，一副悶悶不樂的樣子。

　　同座的志超忍不住要一探究竟，放學後就問他：「偉洛，你怎麼啦？不開心嗎？」

　　「沒，沒有。」

　　「還説沒有呢，心事都寫在臉上了！臉拉得長長的，為什麼呀？」志超窮追不捨。

　　偉洛平時和志超還算談得來，禁不住他一再追問，便歎了口氣，説道：「唉，

還不是因為上次的數學測驗！」

「上次的數學測驗？你不是差點兒就滿分嗎？怎麼啦？」志超一臉驚訝。

「就是這『差點兒』惹的禍，沒得到一百分，被爸爸媽媽大罵了一頓！」

「啊？」志超沒想到偉洛的爸媽要求這麼高。

話盒子一打開，偉洛就索性大歎苦經：「你們別看我次次考得高分，好像那麼風光！你知道嗎，第一次得了一百分，以後的日子就難過了，少了幾分爸媽就說『要保持記錄啊，繼續努力啊，不能倒退啊……』你想想，哪能次次

都絲毫不出錯，哪能永遠考滿分呢？這不是要逼死我嗎？！」

偉洛說得在理，志超不由得也喃喃自語：「是啊，這也太過分了！」

「好了，不說了，還是回家溫習吧，明天的語文測驗還等着攞命呢！」偉洛拿起書包，垂頭喪氣地向外走去。

啊，看來萬事如意的偉洛原來還有這麼一肚子心事！志超真是沒有想到⋯⋯

偉洛回到家裏，把書包重重地往沙發上一扔，雖然在學校裏向志超發洩了一通，但心頭還是不覺得輕鬆。

他拿出書本開始溫習，可是心裏亂糟

糟的，精神不能集中。

爸媽相繼下班回家。媽媽問他：「明天是不是有測驗，這次可不能出錯了！」

偉洛忍無可忍：「為什麼不能出錯？我做不到！」

沒見過乖兒子對自己這樣說話的，媽媽大驚：「偉洛，你⋯⋯怎麼啦？我叫你測驗別出錯，有什麼不對呀？我們當然要爭取事事做得完美呀！」

「可是你們的要求也太高了，要我次次保持一百分，太難了，我受不了這麼大的壓力，你們要逼死我呀？」

爸爸也加入了談話：「你瞎說

什麼呀？我們這是為你好……」

偉洛氣沖沖地打斷了爸爸的話：「夠了夠了，總是說『這是為你好，為你好』，知道嗎，這樣做反倒是害了我！你們把自己年輕時沒能實現的夢想統統都放到我身上，從幼兒時開始，要我學這個學那個，上這個課上那個課，你們以說這是愛我，你們想不到吧，我的日子過得苦極了！我有過自己能自由支配的時間嗎？我有過自己的童年嗎？」

爸媽聽得目瞪口呆，媽媽說：「哪家的孩子不是這樣長大的？要記住，別輸在起跑線上呀！你現在學得一身本領，這難

道不是一件好事嗎？別説這些沒良心的話！」

爸爸發火了：「我們這樣費盡心思培養你，你卻不知感恩，真是白養了你！」

爸爸這麼一説，媽媽也火上加油：「別多説了，温書吧，明天的測驗一定要給我拿個滿分回來！」説完轉身離去。

「給你拿個滿分？好吧，你們等着瞧吧！」偉洛把自己房門砰地一聲重重關上。

今天是個語文小測驗，放學前老師就派下測驗卷。令老師和全班同學大吃一驚的是：向來名列前茅的黃偉洛這次竟只得了四十分，不及格！

老師忍不住問他：「黃偉洛，你這次是怎麼啦？沒溫書嗎？」

偉洛嘴邊掛着個吊詭的微笑，順水推舟答道：「是啊，忘了溫書了。」

放學回家後，偉洛把這張測驗紙端端正正放在餐桌的中間，壓上一個紙鎮。

他回到自己房間，收拾了一個背包，打開儲錢罐，取了些錢出來；又拿出一張便條紙，寫了幾句話，放在了桌上。

他打開住家大門，走了，頭也不回，一副義無反顧的樣子。

已是近黃昏了，去哪裏？偉洛毫無頭緒。有輛巴士正好進站，他就稀里糊塗地

上了車。

　　偉洛眼望着窗外的風景，腦中卻想像着爸媽回家後見到他的紙條和測驗紙後，會有什麼樣的反應？他好似看到媽媽在驚慌地痛哭，爸爸瘋狂地在街上奔跑，叫喚着他的名字……他感到一絲報復的快意。

　　這是一輛開往新界的車，到了終點站他下了車，茫然向前走去。四周的景色越來越荒涼，他漸漸感到心慌了。

　　走到一條小河邊，他實在走不動了，就在河邊坐了下來。背靠着一棵小樹，伸伸痠痛的雙腿，他覺得疲倦極了。

　　這時，他感到飢腸轆轆。一摸

背包，啊呀，走的時候忘了帶上些吃的，
出門後也忘了買些食物，只好挨餓吧。

　　周圍了無人煙，秋風陣陣吹來，帶來
絲絲涼意。偉洛把外套領子豎了起來擋風，
雙手插在袖筒裏，縮成一團。

　　看到自己的這副狼狽相，偉洛苦笑了：
誰能想到昔日爸媽
的寶貝，今日弄得
這般模樣！有家歸
不得，流落在這荒
野裏，下一步該怎
麼走呢⋯⋯

　　爸媽回家見到

餐桌上的測驗紙後，氣得七竅生煙，爸爸大叫：「偉洛，快出來，給我一個解釋！」

　　他衝進偉洛房間，一眼看到書桌上的紙條，讀後大驚失色：「不得了，孩子他……離家出走了！」

　　這好比是晴天霹靂，爸媽慌了手腳，趕快分頭給幾家親友打電話，都說偉洛沒去。這本也是意料中的事，因為偉洛在紙條上寫道：「別來找我，我只想離家去到一個沒有壓力的地方……」媽媽見了紙條大哭：「傻孩子，哪兒沒有壓力呀！你可別出事啊……可別想不開啊！」

媽媽的擔心有道理，最近報上報道學生出事的新聞可不少。爸爸一想到這兒，就感到揪心的痛。他喃喃道：「可能我們是給了他太大壓力了，還只是個小學生嘛⋯⋯唉！」

　　媽媽催促他：「先別反省了，趕快找人要緊，我們去報警吧。」

　　偉洛在郊外的草地上蜷縮了一晚，涼氣襲人，他把兩件外套都裹在身上，還是冷得瑟瑟發抖。帶來的水早喝完了，又餓得胃疼。整個晚上他提心吊膽的，深怕有什麼野豬野狼出現。

　　直到第二天上午，兩名巡警路經這裏，

發現了這個縮成一團的孩子。當時他手足冰涼，嘴唇乾裂，有氣無力。

爸媽得到消息後馬上趕去。媽媽把偉洛抱在懷裏：「孩子，你⋯⋯你沒事吧？沒凍壞吧？沒餓壞吧？」

啊，媽媽的懷抱是那麼溫暖，那麼舒服⋯⋯偉洛好久沒被媽媽這樣溫柔地抱着了。他閉上雙眼，享受着這溫馨的時刻。

爸爸撫摸着他的頭，輕聲說：「偉洛，爸爸明白你，我們知道錯了⋯⋯」

「爸爸！我要回家！」偉洛「哇」地一聲大哭起來。啊，還是家好，溫暖的家，可愛的爸爸媽媽！

回鄉過年

「光陰似箭，日月如梭，2014 年飛快地過去了。」明華在周記本上寫下第一個句子。

爸爸正好走過來，見了明華寫的句子，笑道：「啊哈，你也識得用這樣古老的成語？」

明華說：「古老嗎？我是在小說上看到的。我覺得用飛箭和穿梭來形容時間飛逝，真的很傳神，所以就記住了。」

爸爸說：「很好啊，多看課外書可以

豐富你的詞彙，我看你的作文最近大有進步。對了，農曆新年就要到了，我們要商量一下，今年在哪兒過年啊？」

媽媽聞聲從廚房走了出來，首先發表意見：「年年都在外地旅行過的『流浪年』，朋友們還以為我次次都在『避年』呢。我看今年就在家過，我做一桌你們愛吃的菜，好好吃一頓年夜飯吧。」

爸爸沉思着。明華卻搶先發表自己的意見：「我們還沒去過南美洲呢，今年香港那麼冷，正好去避寒；而且現在有郵輪旅行，我沒坐過大輪船，我們去試試吧！」

　　媽媽不出聲了。爸爸說：「你們的建議都不錯，值得考慮。可是，我另有一個想法……」

　　媽媽和明華急急追問：「是什麼呀？快說呀！」

　　爸爸說：「去年夏天我出差順便回老家去看爸媽時，他們的身體還可以。可是上星期叔叔來信說，爸媽都得了高血壓，時常會頭暈眼花，身體情況大不如前，也很掛念我們，要我們回去看看。所以我想，我們應該回鄉下去探望他們老人家……」

　　媽媽低聲說：「這倒也是，我和明華也有好幾年沒見老人家了，爸媽一定很牽

掛這個孫子的。」

爸媽都說得在理，那麼，該採取誰的主張呢？

媽媽和明華想來想去，畢竟是爸爸的建議最有道理。

爸爸在屋裏踱來踱去，嘴裏背誦着「弟子規，聖人訓，首孝悌，次謹信……父母呼，應勿緩，父母命，行勿懶……」

媽媽笑着打斷爸爸：「好了好了，背什麼古訓啊，我明白你的心思！」

爸爸歎口氣說：「唉，老人家不肯來香港和我們同住，我工作忙，不能常常回去看望他們。

以前的新年假我們只顧着去外國旅行了，竟然忘了去和爸媽一起過年，真是不應該啊！今年老人家都發話了，那是一定要去的嘍！」

望着爸爸那傷感的樣子，明華覺得很慚愧：為什麼自己只想着去外國旅行，而沒有想到身在鄉下，時時掛念着明華一家的老祖父母呢？

明華走到爸爸跟前，抬頭對爸爸誠懇地說：「爸爸，你說得對，我們應該去看爺爺奶奶。去，一定去！」

事情就這樣決定了。媽媽就着手作回鄉的準備。兩個大箱子搬出來了，媽媽買

了很多海味特產、糖果曲奇、圍巾頭飾、香水化妝品……說這些都是老家親友喜歡的禮品。爸爸還特地買了兩張鬆軟溫暖的鴨絨被，說這是最適合老人家用的，既輕又暖。明華見爸媽連夜收拾行裝，把兩個托運大箱裝得滿滿的，外加兩個隨身大背包！他在當日的日記中寫道：「眼見爸爸媽媽這樣熱誠地準備行裝，深深體會到親

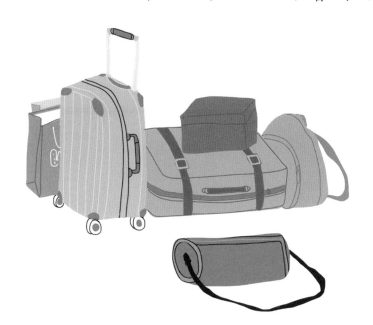

情的溫暖。這種親情，是我們應該繼承發揚，而不應該忘記和丟棄的啊！」

決定了回老家去過年，可是，明華心中卻產生了一些顧慮。

爸爸的老家在四川鄉下，他是在三歲時跟爸媽去過，根本沒留下什麼印象。對內地的鄉下，他這幾年來倒是聽說了很多，在腦中形成的概念是：鄉下的環境很髒，缺水，不能天天洗澡；公用廁所是蹲式的，髒得下不了腳，有些還沒有頂，是茅草搭成的；食用水可能被污染，食用油可能是地溝油，水果蔬菜可能被灑過有毒的農藥……這些傳聞曾使大家人心惶惶，同學

們一說到去內地旅行，都搖頭擺手。所以明華心中也很恐慌，擔心自己在爸爸老家生活不習慣不適應。

爸爸媽媽察覺了明華一副心事重重的模樣，便問他為什麼這樣。

明華老老實實說出了自己的顧慮。爸爸笑着說：「這些傳聞有些是的確存在的事實，有些已經過時了。你自己回去看看吧。我能保證這次你一定不虛此行。」

明華一家坐了飛機，又換乘長途汽車到一個小鎮。叔叔開車到鎮上來接他們。呵，明華想不到現在內地的長途汽車非常豪華舒

服，他更想不到
叔叔有了自己漂亮
的私家車，一路順
風把他們送到家。

一到老家
門口，明華大
吃一驚：眼前

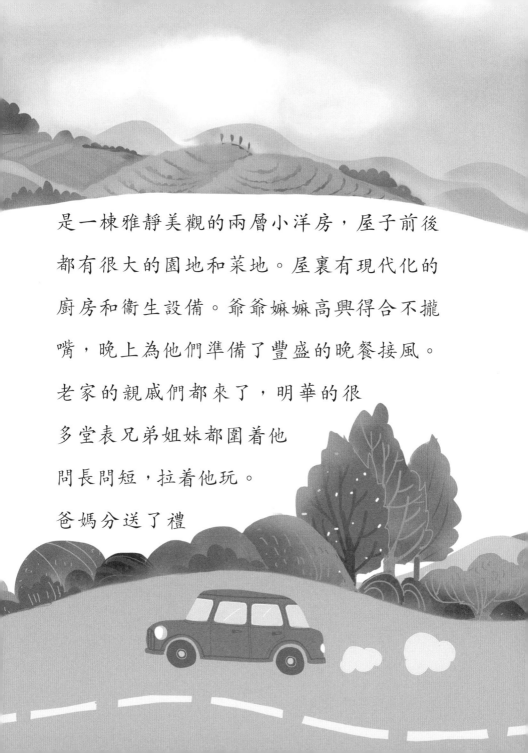

是一棟雅靜美觀的兩層小洋房，屋子前後
都有很大的園地和菜地。屋裏有現代化的
廚房和衛生設備。爺爺嫲嫲高興得合不攏
嘴，晚上為他們準備了豐盛的晚餐接風。
老家的親戚們都來了，明華的很
多堂表兄弟姐妹都圍着他
問長問短，拉着他玩。
爸媽分送了禮

物，皆大歡喜。

晚上，明華睡在特地為他準備的小牀上，興奮得輾轉反側：我是不是在做夢？

明華眼見老家人們忙碌地準備過年。

男人們忙着殺豬宰羊，嫲嫲指揮着女眷們用糯米粉蒸年糕、做米酒、包粽子、搓湯圓……村裏家家戶戶都在這樣忙着。叔叔開車帶明華和幾個孩子到鎮上買了很多鞭炮和煙花。小樓裏裏外外掛上大紅燈籠。爸爸揮筆寫春聯，嫲嫲還用紅紙剪了很多年畫貼在窗上。

除夕夜，家裏擺上了大大的圓桌吃團圓年夜飯，小孩子們另設一桌，明華從沒

見過這麼大的圓桌和這麼豐盛的四川菜。飯前，爺爺嫲嫲在祖宗相片面前點上了香燭，要全家人按輩份一家家來祭拜祖先。明華在港讀的是教會小學，從沒做過這種事，他很猶豫。爸爸對他說：「我們要入鄉隨俗，你就對祖先三鞠躬表示敬意吧。」

飯後，叔叔帶領孩子們到院子裏放鞭炮和煙花。明華在香港只看過煙花，從沒放過，更別提放鞭炮了，那是在香港被禁的。今晚他能親手點燃一個個炮竹，點着了就要趕快後退，看它一沖上天迸出火花，還發出震耳欲聾的響聲，真是刺激萬分！他放了一個又一個，樂此不疲。

老人們圍坐着喝茶聊天，叔伯們打牌猜拳，説是要守歲到黎明。明華他們玩到半夜實在睏得不行，上牀後還有個驚喜——原來長輩們已經把好幾個紅封包放在他的枕頭下面，説這是催孩子長大的壓歲錢！

　　第二天是年初一，媽媽給明華準備了一套全新的衫褲，起身後先給爺爺嫲嫲拜年。吃過湯圓和紅棗蓮子羹後，便要跟爸媽去各親戚家拜年，觀看舞龍舞獅表演和花車巡遊。鄉下的過年真是熱鬧非凡。

　　這次過年，是明華一次嶄新的體驗、愉悦的回憶，終生難忘。

親子人道體驗營

又是一個寶貴的假期將來到，淑珍照例要事先計劃好假期裏想做的事，逐一去做，等假期結束，回顧自己達到的目標，非常有成功感呢！

今天叔叔來家吃晚飯，飯桌上談起了如何度假的事。

爸爸首先聲明説：「我最近很忙，公司在準備一個投標，不能帶你們出外旅行了。」

弟弟撅起嘴説：「啊呀，今年的旅

行泡湯了！」

　　媽媽安慰他說：「不至於吧，等爸爸忙過這陣子我們再去旅行吧。」

　　爸爸說：「假如哪個周末有什麼一日的活動，那就最好了，我可以參加。」

　　淑珍說：「一日遊？太短了，不好玩！」

　　媽媽說：「誰說的？一日遊有很多選擇呢，我們可以去離島玩一天，或者看個電影，吃個大餐……」

　　一直在旁傾聽的叔叔插嘴說：「嗨，我有個好建議，很有意思的一天活動，保證你們滿意！」

　　全家人都豎起了耳朵：「是什麼呀，

快説！」他們知道，在紅十字會任職的叔叔常常會有出人意表的主意的。

「喏，我們紅十字會最近會組織一次親子人道體驗營，題目是『災禍人間』，就是要讓孩子知道發生天災人禍時怎麼救援，好比戰爭、地震、海嘯或是……」

叔叔還沒説完，淑珍搶着説：「我們香港沒什麼災禍啊，也不打仗，太太平平的！」

叔叔笑着説：「是啊，香港沒有戰爭，可是颱風、火災不也時有發生嗎？何況我們還可能去外地救災啊，所以我們要懂得保護自己和救援他人啊。」

爸爸說：「這倒是個很有意思的活動，我想參加！」

爸爸這麼一說，也引發了淑珍和弟弟的興趣，都想去體驗一下這個從未聽說過的活動，究竟會是怎麼樣的呢？

叔叔代淑珍一家去報了名，參加周末的親子人道體驗營活動，淑珍和弟弟都很興奮，摩拳擦掌的，躍躍欲試。

這是一次規模很大的活動，有一百多人參加，都是父母帶着一兩個孩子來的。

營地工作人員告訴他們：你們是紅十字會的維和部隊和救援人員，現在被派往南美的一個國家去工作，所以要先分組接

受訓練。

　　淑珍和爸爸
被分到維和部隊，
媽媽帶着弟弟參加了救援小組。

　　維和部隊的軍訓開始了，淑珍要列隊
進行跑步、步操等體能訓練，還學習如何
結繩和巡邏，很不輕鬆呢，可是淑珍覺得
很好玩。

　　弟弟那邊，有人教他們怎樣做健康檢
查和簡單急救，年齡大些
的孩子扮醫生，有的還
學搭帳篷；弟弟比較
小，派到村民一組那

裏學習尋找糧食，要在地上撿拾豆粒和麥粒，還把一些「污水」用碎石和棉花過濾，媽媽幫着弟弟做。見到從漏斗裏滴出乾淨的食用水時，弟弟高興得拍手叫好。

一切準備工作在緊張地進行着。

忽然，耳邊傳來轟隆轟隆的怪聲，場地上的帳篷開始東搖西擺，四面八方發出「嗚嗚嗚」的警報聲，震耳欲聾，有人在大喊：「不好了，地震啦！」

工作人員大聲叫道：「大家不要驚慌，還會有餘震，大家趕快蹲下，雙手護頭，先在原地別動！」

　　弟弟嚇得躲在媽媽懷裏，哭了起來。組長安慰他說：「別哭，你是救援小組的組員啊，等一會兒要和我們一起去工作，去救人的。我知道，你是個勇敢的小男生啊。」

　　幾次餘震過後，工作人員宣布說，剛才這裏發生了七級「地震」，破壞力很強，有人員傷亡，現在我們要出發去救災了！

　　淑珍所在的維和部隊成員都迅速戴上頭盔和手套，帶上繩索，列隊出發

進入地震場所。這時開始下雨了，大家都穿上了雨衣。

淑珍的小組來到一座已經倒塌的木房子前（其實是用藍紅白三色布圍起的一塊地）。組長說：「我們的任務首先是尋找這所房子裏的所有生還者，把他們救出來；假如見到已經沒有生命跡象的人，也要拉出來覆蓋好，等待收屍隊的來到。」

淑珍和同伴們一起用雙手搬開破裂的木板、凌亂的雜物，嘴裏還不斷呼喊：「有人嗎？快出聲，我們來救你們了！」

淑珍首先發現在一塊木板下面有一隻手露了出來，她趕快扔下繩子，並招呼同

伴一起搬開大木板，果真見到一個「昏迷了的」老人家。他們合力把他抬出來放在路邊，由醫務人員進行急救，淑珍他們又鑽進了倒塌的「房子」裏。

這個小組一共救出了一家四口，組長用生命探測器檢測後宣布這裏已經完成了救援任務，淑珍心中如釋重負。

這時，又傳來了緊急警報，說是地震引發了海嘯，巨大的海浪正席捲着海岸的建築物。救援組和維和部隊迅速帶領村民們撤到高地，並分發飲水和餅乾給大家充饑。

等到警報解除，大家下到基地。還

有一系列的工作要做呢——災民登記、發放救災物質、幫村民尋找失散家人、包紮傷患……基地上設有各個攤位，大家分頭工作。淑珍服從分配到各處幫手，忙得不亦樂乎，但很快樂。

爸爸讚歎道：「這裏『麻雀雖小，但五臟俱全』，真是似模似樣，很逼真的人道救援啊！」

救援任務基本完成，雨也停了，太陽露出了笑臉，好像在祝賀他們的成功。

所有人員集中在場地上休息，經歷了一天的忙碌，大家都又餓又累。每人獲發一碗熱氣騰騰的通心湯粉。

淑珍和弟弟吃得津津有味，弟弟不停地說「好吃好吃！」平日吃飯最慢的他，今天居然第一個吃完。

總結的時候，大家分組談談自己的感受。

有的家長說：「孩子起初還以為是在玩遊戲，我一直提醒他說現實中會發生這樣的事，所以要認真對待，後來他才漸漸投入，認真地做好分配給自己的工作。」

有的家長說：「現在的孩子都太幸福，樣樣事不用自己操心，所以變得很自我，不關心身邊發生的事。今天的體驗營讓他們體驗到怎樣去關心別人幫助別人，這是

一次很生動的人道精神教育。」

　　主持座談的姐姐說：「我們紅十字會以『保護生命、關懷傷困、維護尊嚴』這十二個字來演繹人道精神，簡單說來，人道就是把人們的痛苦減到最低。

　　「我們今天所做的一切都是參照聯合國和紅十字會工作時的真實流程，孩子們可以從今天的活動中了解到在人們遭受災禍時，我們可以提供哪些人道工作，日後在生活中遇到相似的情況，就多少會知道該怎麼做了。」

　　回家後，淑珍在今天的周記中很用心地記下了這次活動的詳情，最後她

寫道：「這個人道體驗營太有意思了！是一次嶄新的體驗，對生命是一次新的認識。希望以後的假期裏，我有機會多做一些這樣有意義的事情，真要謝謝叔叔的好介紹啊！」

作家舅舅來我家

爸爸下班回家，吃過晚飯後照例打開電腦查看電郵記錄。

「嗨，振武，快來看，一個好消息！」爸爸大叫起來。

振武快步跑到爸爸跟前：「什麼好消息啊？」

「你看，你舅舅寫的故事書被推薦參加今次評選安徒生獎的入圍名單裏，他要來香港了！」爸爸一邊看着電腦一邊報告消息。

「什麼安徒生獎啊？我怎麼從來沒聽說過？」媽媽在一旁問道。

「唉，你這個資深雜誌編輯怎麼這樣孤陋寡聞的！連這個大獎都不知道？」爸爸解釋說，「這是國際兒童讀物聯盟舉辦的、以漢斯‧克利斯蒂安‧安徒生為名的一個獎項，簡稱安徒生獎，每兩年一次，由專家組成國際評審團，選出一些優秀的兒童文學作品，鼓勵有突出貢獻的兒童文學作家。人們稱它是兒童文學界的『小諾貝爾獎』呢！」

「你這個出版家當然對這些事瞭若指掌，我是編婦女雜誌的，怎會知道得這麼

多！」媽媽説。

「哇，舅舅好厲害啊，入圍國際大獎了！」振武驚歎道。

媽媽很得意：「是啊，你舅舅大林寫了幾十年的兒童文學，著作等身，是一位大師級作家了。他每出版一本書，不是都寄給你的嗎？你每次都看得愛不釋手！」

「是的，第二格書架上擺着的那一排全都是舅舅的著作，我都看過了。舅舅寫得真好，那些童話真有趣……」

媽媽插嘴問爸爸：「你説大林要來香港？為了什麼事啊？」

「他説他應邀去參加一個什麼圖書展

覽，完事之後要來香港辦一些事。詳細情況我也不太清楚，等他來了之後問他吧。」爸爸說：

舅舅要來了，這次他會帶給振武什麼新書呢？

大林舅舅來了，雖已是近六十歲的人了，但是精神奕奕，老當益壯。

「舅舅，恭喜你啊，你的作品入圍了！」振武迎上去道賀。

「八字還沒一撇呢，全世界的優秀作品很多，輪不上我！」舅舅謙虛地說。

「舅舅，這次帶給我什麼書啊？」振武迫不及待討書看。

　　「當然有書給你，」舅舅說，「我先考考你，你知道明天是什麼日子嗎？」

　　「明天？」振武歪着頭想着，「明天是 4 月 2 日，不是什麼節日啊？今天 4 月 1 日是愚人節，舅舅你不是在耍我吧？」

　　「嗨，我就知道你們大概從來沒聽說過這個日子！告訴你這個小書迷，這個日子你是一定要記住的：每年的 4 月 2 日，是國際兒童讀書日！」

　　「什麼？國際兒童讀書日？真的沒聽說過！」

　　爸爸在一旁笑着說：「大林，你就跟振武說說吧，他這麼愛看書，這是他的節

日啊，應該讓他知道它的來龍去脈。」

振武忙讓舅舅坐下，準備洗耳恭聽。

「這就要從 IBBY 這個組織講起，」舅舅說，「它的中文名字是國際兒童讀物聯盟，是 1953 年在瑞士蘇黎世成立的，目的是在全世界致力於把圖書和兒童聯繫起來，通過兒童圖書促進國與國之間的了解。它在六十多個國家都有分支，中國分支是在 1986 年在北京成立的，我也是北京分支的工作人員之一呢。」

「那麼它和這個讀書日有什麼關係呢？」振武問。

「就是這個組織提出把每年的 4 月 2

日定為國際兒童讀書日，在這一天組織各種推動兒童閱讀風氣的活動。對了，你知道為什麼定在這個日子嗎？」舅舅故作神秘地問振武。

這下可把振武問倒了，究竟為什麼呢？

振武老老實實地搖頭說：「不知道。」

舅舅問他：「你知道《醜小鴨》、《拇指姑娘》、《賣火柴的女孩》這些童話的作者是誰嗎？」

「我當然知道，是丹麥童話作家安徒生呀！我們去丹麥的哥本哈根時，在市政廳廣場上見到了安徒生的坐像，我還站在

他身旁照了一張相片呢。那裏的古老建築物聽說就是安徒生寫《賣火柴的女孩》故事的靈感來源，那裏海邊的美人魚銅像就是根據他寫的《海的女兒》童話塑造的。

連哥本哈根飛機場大廳裏都有好幾座美人魚的漂亮立像呢。」振武連珠炮似的一口氣說了很多安徒生、安徒生……

「是啊，安徒生是丹麥人的驕傲，他的作品是世界兒童文學的

無價珍寶，他的名字在世界各國都是家喻戶曉的。所以國際兒童讀物聯盟把安徒生的生日定為國際兒童讀書日，這不是很有意義的嗎？」舅舅說。

「原來如此！」振武說，「啊呀，那我應該在那一天把安徒生的童話再重讀一遍！」

「對呀，這叫做『溫故知新』嘛！安徒生的童話是百讀不厭的，而且是老少皆宜，大人小孩都愛讀。」

振武說：「是的，每次我讀《皇帝的新衣》，總要笑痛肚皮！《堅定的錫兵》和《海的女兒》讓我很傷心。《賣火柴的女

孩》是我們最熟悉的故事，有一次老師還讓我們在作文課上寫信給她呢，老師說大家都寫得很動人。」

「這就是一篇好故事的感人力量啊！」舅舅感歎道。

「喔，所以那個獎項也叫安徒生獎，就是以安徒生的名義！」振武恍然大悟。

舅舅的介紹引起了振武對國際兒童讀物聯盟的興趣，他興致勃勃地問：「這個IBBY還做些什麼事呢？」

舅舅說：「它為推廣兒童讀物、促進兒童讀書風氣做很多事呢。首先，它鼓勵和支持高品質兒童圖書的出版與發

行，尤其是在發展中的國家內。它給從事兒童文學的人提供經濟援助和培訓，鼓勵兒童文學的學術研究，要使全世界兒童能廣泛接觸到高文學水準和高藝術水準的圖書。剛才說到的安徒生獎是 1956 年開始頒給圖書作家的，十年後開始也頒獎給優秀的兒童圖書插畫家……」

「當然應該獎給插畫家的，一本兒童書沒有插圖就不好看了呀！」振武插嘴說。

舅舅笑了：「你說得有道理，一本兒童書的圖文均佳就能相得益彰，更能吸引小朋友閱讀。這次我就帶了一些國內優秀插畫家的兒童圖書去參展……」

「參加什麼展覽啊？」

「哦，忘了告訴你，這個組織常常舉辦兒童圖書展覽，這次我去了意大利的波隆那書展，帶去了我的幾本書供評選，九月份還要去墨西哥開會，是否能得獎到時見分曉。」

「沒問題，舅舅的書寫得這麼有趣，一定會得獎的！」

「還有，」舅舅說，「IBBY 每年請一位成員國家定下一個推廣兒童圖書的主題，並且要設計宣傳海報。今年是愛爾蘭定下的主題──Imagine Nations through Story，故事中的幻想國度，所以今年我

們都帶去了很多介紹中國情況的兒童圖書。你看，今年的海報有趣嗎？」舅舅展開一張大海報。

哈哈，這個藍色的大眼傢伙很像《怪獸公司》裏的幼時毛毛！

「舅舅，這張海報送給我吧，我要帶去學校給同學們看，向他們宣傳 IBBY 和這個讀書日！」

沿途有禮

早上，同學們都陸陸續續來到了學校，三三兩兩在交談着。

只見曉彤興沖沖地衝進了教室，興奮地叫道：「嘿，你們猜猜今天我坐上了什麼樣的巴士？」

「什麼樣的？鬼巴士嗎？」愛開玩笑的志強總不放過每次說笑的機會。

曉彤扮了個鬼臉：「哼，坐上了鬼巴士我還會這麼興高采烈嗎？」

「快說，快說，你遇到了什麼高興

事？」其他同學催問。

　　「我在車站上等巴士，忽然眼前一亮！」曉彤眉飛色舞地說了起來，「喲，一輛色彩繽紛的巴士開了過來，車身上畫滿了各種各樣的人物，老老少少都有，還有四個大字——沿途有禮。仔細看看，畫的是坐車的乘客們在車廂裏的情景，有的在讓座給小孩，有的在攙扶老人上車，有的在笑着打招呼……我都來不及看周全，

就被簇擁着上了車⋯⋯」

「啊呀，你沒有排隊啊！」有人打趣
説。

「因為那輛巴士太吸引人了，大家
都不由自主地湧了上來，想上車看看究竟
是怎麼一回事，所以本來排着的隊伍就亂
了。」曉彤解釋説。

「那車上有什麼特別的地方嗎？」同
學們好奇地問。

「有啊，首先是開車的車長笑臉
迎人，向大家問好，説歡迎大家乘坐這
輛『沿途有禮藝術巴士』。車廂裏也畫了
一些有關禮儀的畫。更特別的是，有幾位

化了妝的演員在車廂裏演出了一幕短劇，説的是一位老爺爺帶着孫子坐巴士的事，可惜我只坐了三站就下車了，所以沒有看全……」

「哈，這麼有趣呀，我怎麼沒有遇上呢？」同學們聽了曉彤對藝術巴士的描繪，心中都癢癢的，希望自己也能有機會遇到。

「不用急，你也會遇到的！」身後響起了班主任王老師的聲音，原來他在門口聽到了同學們的談話。

王老師走進教室對大家説：「你們都很想見見這種藝術巴士吧，有機會的。」

曉彤問道：「王老師，你也見到了

吧？」

王老師說：「我沒見到藝術巴士，可是我知道這件事。這是香港教育學院和新巴城巴合辦的『藝術巴士』活動，今年已經是第三年了。前兩年的主題是道路安全和環保，今年的主題是『沿途有禮』，就是要推廣車廂禮儀。你們知道嗎，曉彤看見那輛巴士車身上的大幅圖畫是出自誰的手筆？」

「肯定是一些專業畫家啦！」同學們說。

「哈哈，想不到吧，這次新巴城巴推出 20 輛藝術巴士穿梭在港九各區，車身上

的畫都出自全港中小學生之手，是『巴士車身設計比賽』的中小學組 20 名獲獎者的作品！」

「噢，好像我的表哥也參加了那次比賽，不知道他得獎了沒有。」一位同學說。

「這次的禮儀宣傳有一系列的活動呢，」王老師接着介紹說，「這些藝術巴士在頒獎禮後就投入為市民服務，得獎作品還在香港教育博物館展覽，博物館還增加了一輛配備有一批珍貴的禮儀教育的古老照片的巴士，讓市民們在參觀時好像走進了時光隧道，回顧六、七十年代學生上學、市民上班的情景，流動展覽和藝術巴

士巡遊將持續六個月，所以說，你們肯定有機會在街道上遇到它們，一飽眼福！」

「好啊，我們這幾天到街上去找找看，看誰能首先遇上！」同學們興奮地說。

眼見大家興致勃勃的模樣，王老師心中有了一個想法……

今天下午有一節自由閱讀課。上課鈴響了之後，王老師走進教室對大家說：「同學們，今天早上我們談到了今年藝術巴士的宣傳主題是『沿途有禮』，看來大家對這個活動都很有興趣。乘搭巴士和地鐵是我們普羅大眾日常生活的一個重要部分，在車廂中的行為也反映出我們每

個人的道德品質和文化素養。今天這堂自由閱讀課，我想我們也來配合這次的宣傳互動一下。你們說說看，我們坐巴士或者地鐵的時候，要注意哪些車廂禮儀呢？或者換個說法：你們平時在車廂裏看到哪些不符合禮儀的行為呢？」

這可是個有趣的題目，也並不難答，同學們七嘴八舌講了起來。

「上車要排隊！」

「對老人和殘疾人士要讓座！」

「車廂裏不能飲食！」

「不能在車廂裏奔跑吵鬧！」

反面的例子當然不少：一上車就「飛

象過河」霸佔幾個座位，把雙腳擱在對面的空位上，在車廂裏大聲說笑，還有大吃大喝、亂丟垃圾……

「你們都說得很對，很全面。那麼，你們平時坐車時都能做到這些『要和不要』嗎？」王老師問。

同學們有的低頭不語，有的遲遲疑疑地不知道該說什麼，有幾個同學舉手搶着回答，小明

説：「我能做到，我上車排隊，很守規矩的！」

麗紅說：「有一次是年初一，媽媽帶我坐巴士去拜年，給了開車的車長一封利是，我說了聲『新年快樂！』車長高興得喜笑顏開呢！」

志強說：「我見到老人和小孩都會讓座的。」

明利卻歎了口氣說：「唉，別提讓座了！」

怎麼啦？大家都把視線轉向明利，願聞其詳……

明利見大家都把目光轉向自己，便慢條斯理地開了口：「讓座？我可是碰過釘子，令我很狼狽，再也不想幹這種蠢事了！」

「怎麼一回事啊，說給大家聽聽！」王老師說。

「唉，那天巴士上乘客不多，有空位，我就坐了下來。後來上來了很多人，一個身材臃腫的阿姨站在我面前，我以為她懷孕了，便站起來說『阿姨，你坐！』誰知她瞪了我一眼，嘟嚷了一聲

『什麼眼力！』就轉身走到別處去了。我這才恍然大悟：她不是懷孕了，只是太胖了！啊呀呀，真是尷尬死了！」

同學們聽了哈哈大笑，志強說：「她罵得好，你的眼力真的不行，連這也分不出來！」

曉彤卻很同情明利：「我也碰到過這種情況：我起身給老人家讓座，可是他堅決不要坐，可能是他不服老，要證明自己還是身強力壯的，弄得我坐也不是站也不是！」

麗紅有好辦法：「我教你們一個方法——遇到有需要座位的乘客站在你面

前，你就起身裝作要下車，對方假如想坐就自然會坐下，你不用多費口舌，也免得對方一謝再謝。」

「其實，還有更好的辦法呢，」志強故作神秘地說，「我在雜誌上讀到，很多國家的年青人在巴士或地鐵車廂裏見到有空位也從來不坐，想着要留給更需要的人。何況，站那麼一段路也不是什麼辛苦事，反倒是練習站功的一種運動呢。」

「對，對，這兩個辦法很好！」同學們笑道。

王老師說：「你們說得都很好，看來大家都是很懂禮儀的。是啊，我們在車廂

裏都要以禮待人、互相尊重、關心體貼，
體現我們禮儀之邦的風度啊。」

海洋垃圾誰來收？

志華常常向同學們誇口：「我的爸爸媽媽都會潛水，他們常常到海底去玩的，說海底真美！」

同學們聽了感到很新鮮，沒有幾家的父母會潛水的啊！便都圍着志華問這問那，問他知不知道海底究竟有些什麼，問他為什麼不跟着父母去潛水。

志華說：「每次爸媽去潛水，我都吵着也要去，可是爸爸說要等到我十二歲以後才能學潛水，到時候他一定

教會我。每次他們潛水回來，都會告訴我說，海底是個美不勝收的大千世界，一個人若是不去海底看看，是人生一大遺憾！」

同學們聽了心中都癢癢的，好幾個男生都和志華約好，到了十二歲要一起去學潛水。

這個星期天，爸媽又要出海了，就要把志華送到爺爺家去。

志華問道：「你們上星期不是剛去潛水了嗎？怎麼今天又要去？」

爸爸說：「今天是要去執行一項特殊任務，臨時決定的。」

「什麼任務呀？」

媽媽說：「是 WWF，也就是『世界自然基金會』組織的一次活動，邀請我們一批潛水夫去香港各處海底調查海底垃圾的情況。」

「海底垃圾？海底也有垃圾嗎？」志華一頭霧水。

「當然啦，你別看到藍藍的海水那麼可愛，其實海底有着很多很多的垃圾呢！」爸爸說。

「哦！那麼這些海底垃圾有人去清理嗎？怎麼清理呀？」志華問。

「這個問題問得好！告訴你：『海底垃圾無部門收，自己海洋自己

救！』」爸媽異口同聲説出了最後這兩句口號。

「什麼？什麼？」志華更好似墮入五里雲霧之中，一點也聽不懂。

爸爸哈哈大笑：「這事説來話長，等我們今晚回來好好給你講吧。」

志華在爺爺家整整一天，心緒不寧，總想着海底垃圾是怎麼一回事？海底怎麼會有垃圾的？是誰丟進去的？我們居住的大樓和街道上都有垃圾箱，有清潔工收集垃圾，可是海底的垃圾怎麼辦？誰來清理啊？

好不容易等到爸媽來接他回家，志

華就迫不及待地要爸媽講講今天的工作情況。

媽媽歎口氣說：「唉，別提了，說來叫人傷心！」

志華當然不會甘休，纏着爸媽一定要他們講。

爸爸說：「今天我們被分配到香港東北邊的吉澳海底去，看看海底垃圾的情況以及珊瑚受損的程度。剛下到兩三米深的珊瑚區，就見到亂七八糟的情景：一個個空鋁罐扔在一株株珊瑚旁，有的玻璃瓶還把一些軟珊瑚壓壞了；一些破漁網纏住了珊瑚枝，還有體積龐大的魚籠把

海葵海星壓得不能動彈；破破爛爛的各種包裝紙更是隨處可見，真是慘不忍睹……」

「這些垃圾是怎麼『跌』到海底的？」

志華問。

「這也是我們這次調查的題目之一，」爸爸說，「看來大部分來自市區污染，有些是泳客隨意扔下的雜物、漁民用剩的廢品，還有的是海岸上的垃圾箱沒關緊或是裝得太滿沒及時處理，大風一吹，就把垃圾吹到了海裏。」

「那麼這些垃圾在海底會不會自己分解消失掉？」

「你也知道，那些塑膠是不能分解的，它們沉澱在海底，有些魚去咬食，對牠們是有害的；一些碎玻璃和金屬片還會割傷牠們，總之是污染海洋環境、

影響生態的。」媽媽解釋說。

「那怎麼辦呢？」志華憂心忡忡。

「對呀，你想想，我們應該怎麼辦呢？」爸媽期待志華也來想辦法。

「爸爸，這不是我們的政府應該管的事情嗎，難道政府不管嗎？」志華問。

爸爸笑了：「你說得對，這發生在香港海底的事情，是應該政府來管的。可是，你知道嗎，政府的不同部門處理不同的海洋問題——食環署負責一般海岸的清潔，海事處負責一般海面的清潔，康文署負責泳灘，而海護署呢，是負責海岸公園的，卻是沒有一個部門是負責海底垃圾的！

所以這件事到了這些部門手中，就被他們像『踢皮球』那樣踢來踢去，都說不是他們工作管轄範圍內的事！」

志華憤憤地說：「真是豈有此理！他們應該共同想辦法來解決，或者可以另外成立一個新的部門來管呀！」

「對，假如我們的志華做了特首，就能做到這事啦！」媽媽打趣說。

志華可沒心情說笑，他一本正經地問：「難道政府什麼也沒做，袖手旁觀嗎？」

爸爸說：「政府也有回應，他們說海事處會打撈沉船，減少海底雜物；漁護處如果發現海底垃圾破壞了海岸

公園內的高生態價值的珊瑚，就會來清理。可是他們沒有直接回應由誰來處理其他的海底垃圾。政府在 2012 年 11 月成立了一個海岸清潔跨部門工作小組，打算改善這個問題，但也沒見什麼成效，因為這個部門還不是專責處理海底垃圾的。」

「唉，真是太不像話了！海洋的面積佔地球總面積的百分之七十哪，我們怎麼能不保護海洋呢？政府沒有一個專門負責處理海底垃圾的部門，難道只能聽任垃圾不斷沉到海底危害生物嗎？」志華哀歎道。

爸爸說：「所以我們現在提出口號：『海底垃圾無部門收，自己海洋自己

救！』目前就唯有靠一些環保團體啦。世界自然基金會制定了一個為期兩年的『育養海洋』計劃，要在不同的海岸海底調查垃圾的來源，把調查結果提供給政府制定相應政策來解決問題。這次我和你媽媽去吉澳的潛水，就是這個計劃的一部分。」

媽媽介紹說：「還有，我們下了海不是單純的觀察和調查，見到海底的垃圾真是不忍目睹，每個潛水夫都幫着清理垃圾，隨身帶着一個空袋，見到垃圾就拾。就好像在自己家裏，看見地上有垃圾就會馬上清理。我們有很多這樣的義務潛水清潔員，聽說曾經一共撿起了 38 公斤的海

底垃圾呢！」

　　志華想起來了：「對了，記得上次一艘貨輪被颱風吹翻，很多膠粒跌落海面，不也是市民主動到場清理的嗎？」

　　爸爸説：「對呀，那是前年七月的事，六個貨櫃的 150 噸塑膠原料被撒落香港海面，形成了一場『香港膠災』。聽説有些魚吞食了這些膠粒，體積縮小，影響了漁民的生計。後來南丫島石排灣的一百多名市民自發去撿拾的。」

　　「這就叫自己海洋自己救！我現在明白這個口號的意思啦！」志華高興地説。

　　爸爸説：「你在學校裏也要多多

宣傳，要大家去海灘玩的時候別亂丟垃圾，
保護海洋要靠大家啊！」

　　「知道了。長大以後我也要跟你們到
海底去清理垃圾呢！」志華躊躇滿志地說。

　　小朋友，我小時候很愛唱一首外國歌曲，它全曲反反覆覆只有兩句話：「快快長大，快快長大，綠色的亞麻小亞麻……」我和小同伴們唱着它，想像着田裏的小亞麻幼苗日日長高，盼望着我們自己一天天變高變大……

　　兒童時代，都說是人生最快樂的時光。我們無須擔憂柴米油鹽，飯來張口衣來伸手，整日只知道玩耍。可是，兒童真的是無憂無慮的嗎？我相信你也會搖頭說不！我們從嗷嗷待哺的嬰兒成長為能獨立行走的孩子，就要進入學校讀書，哇噻，從幼稚園算起，起碼要讀十五年，再看看怎樣「深造」。在這期間，我們會遇到多少人多少事啊　　不願入學的苦惱、進入新班的困惑、考試測驗的煩心、同學間的爭吵、與好友的誤會、與弟妹的矛盾、與父母的頂撞、與寵物的生離死別……啊呀，成長的過程中煩惱多着呢！

你知道嗎，我們就是這樣長大的呀！生活哪能盡如人意的呢？生活中就是充滿着形形式式的喜怒哀樂，時時會有解不開的心結、化不了的難題讓你感到不開心。但是「道高一尺魔高一丈」，記着，你不是孤單的，你有愛你疼你關心你的親人、朋友和老師，只要你把心交給他們，說出你的煩惱，一切事情都是可以有辦法解決的。我寫這些成長故事，就是要告訴你們怎樣去排解生活中的憂患；怎樣睜大你的雙眼多多閱讀這個色彩繽紛的世界，把更多的本領學到手；怎樣做到知書識禮，成為品德優良的好孩子；怎樣關心大自然愛護大自然，保護好我們的地球母親……

閱讀這些故事，從中汲取生活的經驗和教訓，更加熱愛你的生活，更加健康地成長，讓你的日子過得更加快樂吧！

——宋詒瑞

看完本書之後，你心裏有什麼感想或收穫呢？你對故事中的人物又有什麼評價呢？請結合下面的思考題，仔細想一想。

1. 你每年是怎樣度過自己的生日的？你覺得怎樣慶祝才是既不浪費又有意義的？

2. 當你轉到一所新的學校或一個新的班級時，你是如何做到適應新環境的？

3. 你認為偉洛因為不滿意父母的壓力而離家出走的行為對嗎？若是你處在他的情況下，你會怎麼做？

4. 你是否曾經在內地親戚家過年？對比內地與本港的過新年，有什麼相同和不同的地方？

5. 看了故事中的描述，你對親子人道體驗營的活動有什麼感想？你會參加這樣的活動嗎？

6. 你對國際兒童讀物聯盟（IBBY）了解多少？說說看。

7. 勞累一天的你坐在巴士的座位上，有個老人上車沒座，你會讓座嗎？讓或不讓，你是怎樣想的？

8. 當你在海裏暢泳見到海面上布滿垃圾時，你會怎樣做？

勤思考，學寫作

小朋友，我們可以從作品中學習作者的寫作技巧——包括如何使用成語、如何提高寫作技巧等，趕快來看一看，學一學吧！

1. 使用成語

（1） 孤陋寡聞——**指見聞不廣，知識淺陋。**

近義詞——少見多怪、學問淺薄

反義詞——見多識廣、博聞強記

書中例子：「唉，你這個資深雜誌編輯怎麼這樣孤陋寡聞的！連這個大獎都不知道？」（《作家舅舅來我家》）

（2） 家喻戶曉——**很有名，每家每戶都知道。**

近義詞——盡人皆知、人所共知

反義詞——默默無聞、平淡無奇

書中例子：「他的作品是世界兒童文學的無價珍寶，他的名字在世界各國都是家喻戶曉的。」（《作家舅舅來我家》）

2. 句子賞讀

例子一：廳堂布置得五彩繽紛，充滿童趣：四周牆壁是淺藍色的晴空圖像，上面繪有彎彎的七彩長虹；下面青青草地上畫着湯姆士和他的火車頭朋友們，個個展現着親切可愛的笑容。兩排長桌上堆滿了各式飲料和食品，琳瑯滿目；從廳堂四角拉出無數彩條集結在天花板中央，每條線上結紮着各色氣球。擴音器裏播送着輕鬆愉快的樂曲，喜氣洋洋。（《生日會故事》）

賞讀：此段一開始用八個字總括了廳堂的布置，之後分別描述牆壁上的裝飾、桌上的布置、天花板的吊飾。除了這些視覺上的感受之外，最後還加上聽覺器官的感受——播放的音樂使得整體環境喜氣洋洋。我們在描述事物時可以採用這種合而分、分而合的手法。

例子二：他感到自己好比是一塊冰，在老師同學們的熱情關懷之下，漸漸融化成小水滴，融入了班級川流不息的大河之中。（《轉學的困惑》）

賞讀：這裏作者把信謙比喻成一塊冰，在友情的暖流中融化了，成了班級大河中的一滴小水滴。這樣的比喻非常恰當，也很生動，使主題更為突出。我們可以運用適當的比喻手法，即用具有相同特性的事物來說明另一事物，就更具說服力。